AF263441

REVELATION

DV

IEVSNEVR

OV

VENDEVR

DE GRIS,

ESTABLY DANS LE

PARVIS DE NOSTRE-DAME,

CONTENANT LES REME-

des neceſſaires à la maladie
de l'Eſtat.

A PARIS,

M. DC. XLIX.

(3)

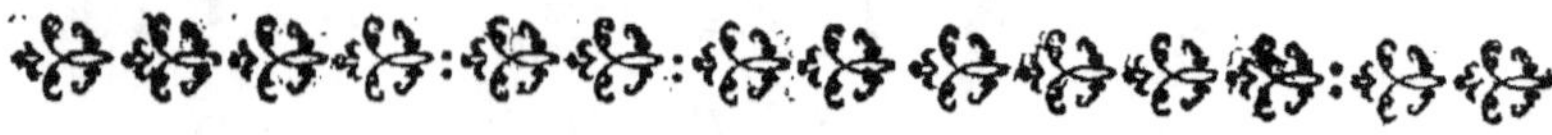

REVELATION DV IEVSNEVR

ou Vendeur de gris, estably dans le Paruis de No-
stre-Dame, contenant les remedes necessaires à la
maladie de l'Estat.

Vn soir assez tard, que la Lune
Rendoit la nuit vn peu moins brune,
Ie me promenois au Paruis
En ruminant sur les aduis
Que chacun tire de sa teste,
Car vn chacun se fait de feste
En parlant d'affaires d'Estat,
Et n'est pas iusques au Legat
Cheualier de la courte lance
Ou Sauetier par reuerence
Qui ny fourre son nez punais
A parler de guerre & de paix.
En réuant à cette matiere
Ie passe vne heure toute entiere
Tant que i'entens sonner minuit,
Chacun s'estoit à petit bruit
Reintegré dedans sa caze,
Et ie pouuois auec emphase
Cheminer sans estre poussé ;
Les filoux ont le nez cassé
Et l'on peut sans craindre la fouille
Depuis que l'on fait la patroüille
Porter sur soy cent Iacobus
I'entens ceux qui ont des Quibus,
Car la guerre a causé des troubles
Qui no² ont bien reduit aux doubles
Et pour moy sans faire le fin
Ie seray bien-tost à la fin

De mon fons & de ma finance
Grand-mercy à fon Eminence,
Il faut luy porter cet honneur;
Il a bon dos le bon Seigneur
Car il auroit beau s'en deffendre
On ne fçauroit à qui s'en prendre
    Mais ou vais ie m'embaraffer
I'extrauague fans y penfer
En m'efcrimant de la Satyre,
Dites-moy que voulois ie dire
Car ie ne fçay plus ou i'en fuis
I'y viendray pourtant fi ie puis
Ou ie fuis fou de haute game
C'eft au Paruis de Noftre-Dame,
M'y renoila fans chauffe pié
Comme vn lapin dans le glapié.
    I'allois donc ainfi folitaire
Reuant à mainte & mainte affaire
Alors qu'vne certaine voix
M'interrompit deux ou trois fois,
A mefme temps ie fais la ronde,
Mais i'auois beau chercher du môde
Il n'y auoit corps de Chreftien
Ny chat, ny rat, ny lou, ny chien
Ce qui me donna belle tranfe
Et ie tremble encor quand i'y penfe
Car en bonne foy l'on euft cru
Que c'eftoit le Moine bouru,
Cette voix vn peu plus diftincte,
M'appellant redoubla ma crainte,
Mais pour m'ofter de cette peur,
Il me dit ie fuis le Icufneur,
C'eft le nom donc la populace
En me voyant en cette place
Me coiffe comme d'vn beguin
Mais fous la forme d'vn Guinguin.

I'ay fait rage à faire miracles
Et rendu iadis des oracles
Là deſſus vn peu plus hardy
Il me ſouuient que ie luy dy.
Hé, quoy, Madame la ſtatuë
Qui n'eſtes courbe ny tortuë,
Mais haute & droite comme vn jonc
Que veut dire & depuis quand donc
Auez-vous repris la parole
Pour nous venir ficher la cole
Depuis que vous vendiez du gris
A tous les ſimples de Paris.
Vous voila d'vne bonne guette
Pour nous venir conter goguette
Et bien planté pour rauerdir.
qui eſtes-vous à n'en point mentir,
Car enfin le rire m'eſchappe.
    Ie ſuis me dit-il Eſculape
Dieu de medecine, & premier
Inuenteur de ce beau meſtier
A qui les Docteurs Merdiſiques
Les Charlatans, les Empyriques,
Les fraters & les ſouffle-en cu
Sont obligez de maint écu.
Qu'ils attrapent par mes myſteres
Pour ordonnance ou pour clyſteres:
Auſſi m'a-t'on mis en ce lieu
Tout vis à vis de l'Hoſtel-Dieu.
Pour voir la couleur & les mines
Des excremens & des vrines
Et pour donner la gueriſon
Aux landreux de cette maiſon :
Et quoy que maint autheur ſoûtiéne
Que depuis que Frâce eſt Chrétiéne
I'ay touſiours croqué le marmot
Et n'ay pas dit vn petit mot.

ut que maint autheur m'excuse
luy maintiens qu'il s'abuse
ay pas tousiours clos le bec
vray que ie parlois Grec
qui causoit de grands obstacles
ntente de mes oracles.
enfin Messieurs les Bourgeois
nt apris à parler François.
x qui sont du temps de la Ligue
ient bien que ie fis la figue
us les bons Seigneurs Hardos
i ie dis, tournez le dos
faites pas de brauades
on a fait les baricades
estes pris comme en vn blé.
ils auoient l'esprit troublé
oulant iouer de l'espée
ent pris à la pipée
utant qu'ils firent les fous
eu qu'ils deuoient filler doux
ur tailla telle croupiere
ce lieu fut leur cimetiere
n'auoir pas creu mes aduis
les auoir pas suiuis.
qu'il faut qu'on remedie
te grande maladie
veut trauailler cet Estat
che à tenir son esclat
dont l'esprit taille & raffine
s secrets de medecine
hoisi ce temps à propos
t'enseigner en peu de mots
mede plus necessaire
e te commande de faire
ainsi que ie l'auray dit
ur mieux le mettre en credit,

B

Auſſi-toſt la preſenté vëuë
Le publier de ruë en ruë
Par des trompettes ou tambours
Dans la Ville & dãs les Faux-bours,
  Outre ma ſublime ſcience
C'eſt auſſi mon experience
Qui me promet vn bon ſuccez
Car ie ſuis vn Diable en procez,
Ie connois le mal & la cauſe
I'ay veu debout en bout la choſe
Et les maux que i'auois predits
Il me ſouuient dés Samedis;
Que ſa Maieſté Souueraine
Appellée autrement la Reyne,
Venoit icy rendre ſes vœux
Elle eſt tres-bonne ie le veux.
Mais elle a des gens auprés d'elle
Ie ſçay bien comme on les appelle
Qui me ſemblent vn peu ſuſpects
Ce peuple auec de grands reſpects,
Luy venoit faire humble requeſte
De ne mettre point ſur ſa teſte
Tant de ſubſides ny d'impos
Et de le laiſſer en repos,
Elle le payoit d'eſperance
Et le traitoit d'indifference,
Mais enfin ce qui le picqua
Ce fut lors que l'on pratiqua
Par vne pure tyrannie
Sortant d'vne ceremonie
D'enleuer en catiminy
Brouſſelle auecques Blanmeni
I'eſtois preſent à ce myſtere
La diſcretion me fit taire
Mais ie vis bien que cet effort
Dõt les autheurs auoient grand tort,

Alloit cauſer en cette Ville
Vne forte guerre ciuile;
Ce qui ſe paſſa du depuis
Ie ne le ſçay que par les bruis
De la confuſe populace
Car ie ne bouge de ma place.
Doncques puiſque i'ay reconnu
D'où tout ce grand mal eſt venu,
Ie vais ſans aucun intermede
T'en dire le plus prompt remede,
Car il faut promptement agir
Si l'on pretend de le guerir.
      La France pour eſtre purgée
N'a pas beſoin de la ſeignée,
Son corps de ſang eſt alteré,
Pour en auoir par trop tiré ;
Les Partiſans ſont des ſangſuës
Inſatiables & gouluës ,
Qui l'ont mis tellement au bas ,
Que ſon poux ne bat preſque pas :
Ce ſeroit donc vne folie
De croire qu'eſtant affoiblie,
On la put par là ſoulager,
Il faut ſeulement la purger,
D'vne humeur meſchante & maline
Qui d'vne douleur inteſtine
A fait le ſubjet principal
Et l'origine de ſon mal.
Il faut expulſer cette peſte,
Qui par vne poiſon funeſte ,
Taſche de luy gaigner le cœur,
C'eſt le remede le plus ſeur,
Il eſt vray que cette ordonnance,
Suppoſe quelque violence,
Mais quand le mal s'eſt rendu fort,
Il eſt beſoin de faire effort ,
L'vnion eſt la medecine

Et la meilleur & la plus fine
Pour faire vuider le poifon,
Qui s'oppofe à fa guerifon.
Et le remede neceffaire
Contre ce cancer fanguinaire,
Qui ronge l'Eftat iufqu'aux os
Par fes tailles & fes impos,
En retranchant cette partie,
Dont la chair eft toute pourrie,
Si l'on vfe de ce moyen,
La France fe portera bien.
   Voila ce que dit Efculape
En me donnant certaine tape
Pour m'en faire reffouuenir,
Sur quoy ie ne me pus tenir
De luy dire, Dieu vous le rande,
A Dieu donc ie me recommande,
Auffi-toft, ie m'en vins chercher
Quelque grabat pour me coucher,
Ayant toufiours l'ame troublée,
De la vifion reuelée,
Par ce maiftre Vendeur de gris,
Si renommé dedans Paris
Que l'ó s'en moque ou qu'on y péfe,
I'en defcharge ma confcience.

                F I N.